Analyse de l'œuvre

Par Jessica Hermans

Il était deux fois...

Franck Thilliez

Analyse de l'œuvre

Par Jessica Hermans

Il était deux fois...

Franck Thilliez

Rendez-vous sur lepetitlitteraire.fr et découvrez :

Plus de 1200 analyses
Claires et synthétiques
Téléchargeables en 30 secondes
À imprimer chez soi

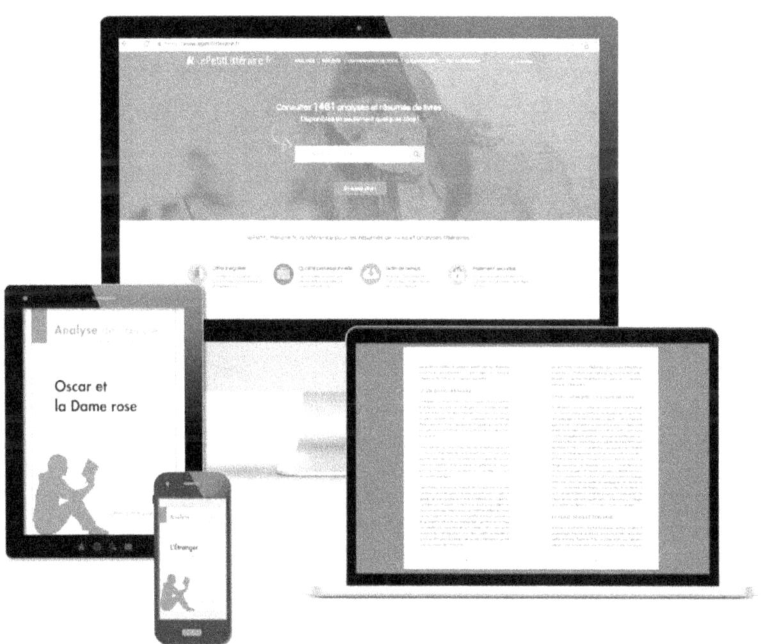

IL ÉTAIT DEUX FOIS

UN THRILLER LABYRINTHIQUE QUI JOUE AVEC LE LECTEUR

- **Genre :** roman (thriller)
- **Édition de référence :** *Il était deux fois*, Paris, Pocket, 2021, 624 p.
- **1re édition :** 2020
- **Thématiques :** mémoire, dualité, meurtre, kidnapping, enquête, art, enfermement

Julie Moscato, jeune fille de 17 ans, disparait mystérieusement en 2008 en laissant son vélo derrière elle. Son père, Gabriel Moscato, lieutenant de gendarmerie, ne rechigne devant aucun effort pour tenter de retrouver sa fille. Son enquête le mène à l'hôtel de la Falaise, où le propriétaire lui confie son registre et la chambre 29 au deuxième étage. Mais Gabriel, exténué par ses recherches, finit par s'endormir. Il est réveillé en pleine nuit, par une pluie d'oiseaux morts qui s'abat sur la ville. Le matin, c'est le choc ! Non seulement il se trouve dans la chambre 7 au rez-de-chaussée, mais en plus, 12 ans se sont écoulés. Il est à présent en 2020, n'a aucun souvenir des 12 dernières années et apprend qu'il n'a jamais retrouvé sa fille.

Ce dix-neuvième roman de Franck Thilliez fait suite au *Manuscrit inachevé* (2018) et permet d'expliquer certains mystères laissés en suspens dans ce dernier livre. Ce thriller aurait été écrit par le romancier fictif Caleb Traskman, mais la fin, manquante, aurait été ajoutée par son fils, tout aussi fictif. Or, la fin originale de Caleb Traskman est retrouvée dans le cadre de l'enquête d'*Il était deux fois* et présentée aux lecteurs à la fin du roman, en un habile jeu de miroir entre les deux récits.

FRANCK THILLIEZ

ÉCRIVAIN FRANÇAIS

- **Né en 1973 à Annecy**
- **Quelques-unes de ses œuvres :**
  - *La Chambre des morts* (2005), roman
  - *Le Manuscrit inachevé* (2018), roman
  - *Au-delà de l'horizon et autres nouvelles* (2020), nouvelles

Franck Thilliez est né en 1973 à Annecy. Il fait des études pour devenir ingénieur en nouvelles technologies, avant de connaitre le succès grâce à l'écriture. Il habite actuellement dans le Pas-de-Calais avec son épouse et leurs deux garçons.

Il est l'auteur d'une vingtaine de romans, dont plus de la moitié sont consacrés aux enquêtes du commissaire Franck Sharko ou de l'inspectrice Lucie Henebelle. Ces deux personnages se rencontrent dans *Le Syndrome E*, le cinquième roman de la série, qui a également été adapté en bande dessinée. Mais le succès est présent dès le début et, surtout, lors de la parution du deuxième tome, qui remporte plusieurs prix (prix des lecteurs Quais du Polar en 2006, prix SNCF du polar français en 2007) et est même adapté au cinéma en 2007. Parallèlement à l'univers de Sharko et Henebelle, Franck Thilliez écrit d'autres romans, comme *Il était deux fois*, et des nouvelles. Il est également scénariste de la bande dessinée *La brigade des cauchemars*.

Ses romans sont caractérisés par la présence de descriptions scientifiques précises entrecoupées de scènes de la vie quotidienne. Ses livres sont traduits dans le monde entier et continuent de séduire les lecteurs. Selon le classement du Figaro, Franck Thilliez serait le quatrième auteur de fiction le plus lu en France (p. 1).

RÉSUMÉ

2008 : LA DISPARITION

À Sagas, Julie Moscato, 17 ans, a disparu en ne laissant derrière elle que son vélo contre un arbre. Son père, Gabriel Moscato, lieutenant de gendarmerie, met tout en œuvre pour la retrouver. Mais aucune piste n'aboutit. Gabriel poursuit son enquête qui le mène jusqu'à l'hôtel de la Falaise où Julie a travaillé deux étés de suite. Il demande au propriétaire, Romuald Tanchon, de pouvoir consulter son registre. L'homme accepte sans rechigner et lui propose même une chambre, la 29 au deuxième étage, afin d'être à son aise. Mais, écrasé par la fatigue et le chagrin, Gabriel s'endort.

RÉVEIL EN 2020

Il est réveillé en pleine nuit par le bruit d'une pluie d'étourneaux morts qui s'abat à l'extérieur. Il observe la scène, à moitié endormi, depuis la terrasse. Ce n'est qu'au matin qu'il réalise que sa chambre n'est pas censée avoir de terrasse, car seules celles du rez-de-chaussée en ont. Il découvre alors qu'il n'est plus dans la chambre 29, mais dans la 7. Déboussolé, il tente de discuter avec la réceptionniste pour retourner dans sa chambre d'origine, mais ses affaires n'y sont plus. Le choc survient quand il s'aperçoit dans le miroir et ne se reconnait pas...

Il retourne alors dans la chambre 7, revêt les vêtements qui s'y trouvent. En retournant à la réception, il réalise qu'il n'est plus en avril 2008, mais le 6 novembre 2020, et qu'il s'est enregistré sous un faux nom, celui de Walter Guffin. Sa fille n'a jamais été retrouvée. Sous le choc, il essaie de contacter ses proches : sa femme Corinne, sa mère et son meilleur ami Paul Lacroix.

LA DÉCOUVERTE D'UN CORPS

Pendant ce temps, Paul, qui est devenu capitaine, est appelé sur les lieux d'un crime. Une jeune femme d'environ trente ans a été retrouvée morte. La scène de crime laisse présager une mort violente. Le message laissé par Gabriel sur sa boite vocale, alors qu'ils ne se sont plus parlé depuis des années, lui laisse penser qu'il s'agit peut-être de Julie.

Gabriel quitte l'hôtel à bord de la voiture dont il avait la clé parmi les affaires trouvées dans la chambre 7. Il aperçoit alors les gendarmes et est convaincu que l'affaire est liée à sa fille. Il se précipite sur la scène de crime, mais est accueilli froidement par Louise, la fille de Paul et ancienne meilleure amie de Julie, et encore plus froidement par Paul. Il est finalement chassé des lieux par la gendarmerie.

En partant, il fait un malaise et finit par se rendre à l'hôpital. C'est là qu'il obtient enfin une explication à ce qui lui arrive : il souffrirait d'amnésie psychogène atypique, une amnésie due à un choc psychologique important. Les effets peuvent être passagers ou permanents. Contre l'avis des médecins, Gabriel décide de quitter l'hôpital et de rentrer chez lui. Cependant, lorsqu'il arrive, ce n'est pas sa femme qui lui ouvre, mais un Paul mécontent.

Gabriel lui explique la situation et son ancien ami accepte de le laisser entrer et de combler certains trous de sa mémoire. Il lui apprend que Corinne est à présent son épouse et que Gabriel a disparu de leur vie après avoir brisé la jambe de son partenaire lors de la découverte de leur histoire. L'affaire de Julie, jamais élucidée, est classée. Il laisse à Gabriel une caisse avec des documents qu'il n'était jamais revenu chercher.

Le père éploré retourne à l'hôtel où il apprend qu'il n'était pas seul la veille : une jeune femme mystérieuse d'une trentaine d'années se trouvait avec lui. Il passe une partie de la nuit à fouiller dans la caisse à la recherche de son passé oublié et de nouveaux indices lui permettant de retrouver sa fille. C'est ainsi qu'il trouve un nom suspect, celui de Wanda Gerwitsh, qui aurait séjourné à l'hôtel au moment de la disparition de sa fille et se serait volatilisée le même jour.

DE NOUVEAUX INDICES

Il se rend au commissariat le lendemain pour récupérer son adresse et en apprendre plus sur la fausse identité de Walter Guffin. Cette dernière est reliée à un faux permis et une adresse dans le nord du pays depuis trois mois. Gabriel quitte alors le commissariat et se rend chez une ancienne collègue, Solenne Peltier, qui l'emmène à l'ancienne station hydroélectrique pour lui montrer des tags de palindromes en lien avec l'enquête. Ils se font agresser par le mystérieux tagueur, appelé le corbeau, qui s'enfuit. Gabriel apprend alors que Corinne, son ex-femme, reçoit des lettres avec des indices concernant l'affaire et que ces lettres sont écrites par le tagueur.

Suspectant un certain Lecointre, seul criminel en liberté des alentours, il viole son domicile et finit par y trouver le collier que Julie portait lors de sa disparition. Il passe l'homme à tabac au moment où la gendarmerie arrive et est embarqué pour violation de domicile et agression. Gabriel passe la nuit en cellule. Durant la nuit, l'ancien gendarme fait un rêve lucide dans lequel il voit sa fille en compagnie d'une autre. Il réalise qu'il s'agit de Mathilde Lourmel, une disparue d'Orléans. Paul fait analyser le collier et découvre la carte mémoire de l'appareil photo de Julie à l'intérieur du bijou.

L'autopsie du corps retrouvé ne donne pas d'informations particulières, mais en analysant ses tatouages, Louise fait le lien avec la mafia russe, pour qui elle aurait travaillé. Les analyses ADN confirment par contre que la victime a eu des relations sexuelles avec Gabriel Moscato peu avant sa mort. Paul est toutefois convaincu de l'innocence de son ancien ami, qui était d'ailleurs dans sa chambre d'hôtel au moment du crime, et pense qu'il s'agit d'un coup monté. L'identification de la victime permet de découvrir qu'il s'agit en fait de Wanda Gershwitz, la femme qui avait participé à l'enlèvement de Julie, que Gabriel aurait retrouvée avant de perdre la mémoire et aurait emmenée à Sagas pour lui faire avouer la vérité à propos de la jeune fille.

Grâce aux vidéos de la carte mémoire et à l'aide du témoignage de sa fille, Paul apprend que, l'été avant sa disparition, Julie avait eu une relation avec un homme beaucoup plus âgé et obnubilé par la mort et les jeux d'esprit. Il parvient à identifier l'homme comme étant Caleb Traskman, romancier à succès qui se serait suicidé trois auparavant.

En remontant les pistes jusqu'à un chalet, Gabriel et Paul découvrent l'identité du corbeau, qui est en réalité David Esquimet, le petit ami de Louise et gendre potentiel de Paul. Le jeune homme se suicide, mais les deux enquêteurs trouvent chez lui une série d'indices, parmi lesquels un carnet de photographies prises dans des morgues.

LES VOYAGES

Les découvertes emmènent les deux hommes dans une série de voyage. Gabriel poursuit son enquête dans le nord de la France, où il découvre des documents cachés dans un coffre chez sa mère. Parmi ces documents se trouvait une peinture dérangeante de sa fille et de Mathilde, peinte avec leur propre sang. Il parvient à retrouver la trace du peintre en Belgique. L'homme, un certain Arvel Gaeca, pseudonyme d'Henri Chmielnik, est mort quelques années auparavant. Sa veuve lui apprend qu'il possède un terrain déserté, où l'homme faisait en réalité disparaitre des corps, ainsi qu'une maison de vacances en Pologne.

De son côté, Paul rencontre le fils de Caleb Traskman, qui lui montre la maison de son père, ainsi qu'une pièce secrète où Julie a sans doute été séquestrée. Dans la maison, il retrouve également des clichés similaires à ceux retrouvés dans le chalet de David Esquimet. Il parvient à en trouver l'auteur, un artiste du nom d'Andreas Abergel. Après avoir menti à Paul, l'homme finit par se suicider devant sa caméra et ses appareils photo pour immortaliser son œuvre finale : sa propre mort.

Gabriel, quant à lui, poursuit ses recherches jusqu'en Pologne. Dans la maison de vacances d'Arvel Gaeca, il découvre une pièce cachée qui le mène jusqu'au siège de la « société secrète des Xiphopages ». Cette société, fondée par quatre « artistes », un écrivain, un peintre, un photographe et un plasticien, a pour but de transgresser toutes les limites dans leurs créations en représentant des morts véritables, celles des victimes de leurs kidnappings, chacun à leur façon. Gabriel finit par retrouver la trace du dernier « artiste », Dmitri Kalinine, un ancien médecin qui assèche des corps pour empêcher leur décomposition, les écorcher et les exposer ensuite au nom de l'art dans son Plastinarium.

Le père de Julie finit par retrouver sa fille, exposée dans ce musée des horreurs, avec Mathilde et d'autres jeunes kidnappés. Il venge la mort de sa fille en tuant Kalinine et met le feu à l'endroit pour que sa fille puisse reposer en paix.

ILS VÉCURENT HEUREUX… OU PRESQUE

Un an plus tard, Gabriel tente de reconstruire sa vie auprès de la mère de Mathilde, l'autre disparue. Il revoit Paul une dernière fois afin que son ancien ami puisse lui remettre le collier de Julie. Ses souvenirs ne sont toujours pas revenus.

Le roman s'achève sur la fin alternative et sombre du *Manuscrit inachevé*, écrite par Caleb Traskman.

ÉTUDE DES PERSONNAGES

GABRIEL MOSCATO

Au début du roman, Gabriel Moscato est lieutenant de gendarmerie, il vit avec sa femme, Corinne, et leur fille Julie. Il se réveille amnésique 12 ans plus tard et découvre qu'il ne fait plus partie de la police, qu'il est divorcé et que sa fille, kidnappée, n'a jamais été retrouvée. Il mesure près d'1m90, est désormais âgé de 55 ans.

Son meilleur ami de toujours, Paul Lacroix, avec qui il a grandi et qui fait également partie de la police, lui voue d'abord une haine féroce, car Gabriel est responsable de son handicap. Progressivement, les deux hommes renouent leurs liens d'amitié et unissent leurs forces pour découvrir ce qu'est devenue Julie.

Gabriel est un homme assoiffé de justice, prêt à tout pour Julie, mais parfois violent et colérique. Pour atteindre son but, il n'hésite pas à transgresser les lois. Il voyage d'un pays à l'autre, de la France à la Pologne en passant par la Belgique. Il viole des domiciles, violente des inconnus qui pourraient avoir des informations et va jusqu'à tuer. Il change temporairement d'identité au profit de Walter Guffin.

Ce prénom est sans doute en hommage à Walter White dans la série télévisée *Breaking Bad* auquel il essaie de ressembler physiquement. Quant au nom, il serait une référence au « MacGuffin » d'Hitchcock, « le fameux objet mystérieux ou secret, à la description floue et sans réelle importance, juste là pour justifier l'existence d'un film » (p. 100). De plus, les initiales, W.G., renvoient à celles de Wanda Gershwitz, responsable de l'enlèvement de sa fille et avec laquelle il est sorti dans l'espoir d'obtenir des informations.

PAUL LACROIX

Paul Lacroix est capitaine de gendarmerie. Sa première femme est morte d'une sclérose en plaques. Ensemble, ils ont eu une fille, Louise, qui était la meilleure amie de Julie Moscato. Âgé de 52 ans, Paul boite à cause de son genou droit qui a été brisé à la batte par son ancien meilleur ami Gabriel Moscato, lorsque ce dernier a découvert que Paul avait une liaison avec Corinne, la femme de Gabriel. D'abord furieux de voir Gabriel revenir à Sagas, les deux hommes se rapprochent progressivement au fil de leur enquête. Paul se montre déterminé, courageux, généreux et volontaire. Il n'hésite pas à contourner les règles et les lois pour protéger ses proches. Il détruit ainsi des preuves compromettantes pour protéger sa fille ou Gabriel.

JULIE MOSCATO

Julie Moscato est âgée de 17 ans lors de sa disparition à Sagas. L'année précédente, elle a entretenu une relation brève, mais passionnée, avec le romancier Caleb Traskman. Julie était une jeune fille sportive, pleine de vie et prête à braver tous les interdits.

Le nom de Julie Moscato fait écho à d'autres du *Manuscrit inachevé*, comme Jullian Morgan ou Judith Morderoi. En effet, les syllabes initiales sont les mêmes dans les trois cas, ce qui permet de mettre en évidence JU-MO, autrement dit « jumeau ». Or, les Xiphopages, qui donnent leur nom à la société secrète des criminels du roman, sont des êtres reliés l'un à l'autre, comme les siamois par exemple. Le nom de Julie cache donc cette gémellité présente dans le roman précédent de Franck Thilliez (puisqu'il racontait l'histoire d'un jumeau abandonné à la naissance qui prend la place de son autre), mais qui semble offrir une piste nouvelle dans *Il était deux fois* lorsque l'on sait que Caleb Traskman est toujours en vie. Ce dernier aurait-il un jumeau dont il aurait pris la place ?

CORINNE JOURDIN

Corinne est la mère de Julie. D'abord mariée à Gabriel Moscato, elle le trompe avec son meilleur ami Paul Lacroix longtemps après la disparition de leur fille et finit par épouser ce dernier. Elle ne parvient pas à surmonter le sort de sa fille et tente d'oublier son malheur en se noyant dans son travail d'infirmière et dans les anxiolytiques. Elle se fait harceler par David Esquimet, le gérant des pompes funèbres et petit ami de Louise Lacroix, qui envoie des messages codés à Corinne, lui faisant comprendre qu'il sait ce qui est arrivé à sa Julie, empêchant ainsi la mère de faire son deuil.

Corinne est en réalité victime de la vengeance de David, dont la mère est morte lors d'une intervention chirurgicale. Le chirurgien a refusé d'assumer son erreur médicale et a forcé les infirmières, parmi lesquelles Corinne, à témoigner dans son sens.

LA SOCIÉTÉ SECRÈTE DES XIPHOPAGES

La société secrète des Xiphopages est une société fondée par quatre criminels passionnés par l'art, la transgression et la mort. Elle est composée de quatre membres, qui s'amusent à kidnapper des gens et immortaliser leur mort à travers leurs arts respectifs.

Christian Lavache

Caleb Traskman, de son vrai nom Christian Lavache, est un romancier à succès né aux alentours de 1958. Il a une belle écriture et écrit à l'encre noire. Discret, il n'existe aucune photographie de l'homme, hormis une de 1993, sur laquelle il a la peau blanche, un bouc et des cheveux longs et noirs. Il a un fils, 17 ans plus jeune que lui, qui a achevé *Le Manuscrit inachevé* à la place de son père. Les deux hommes n'entretenaient toutefois pas de bonnes relations. Caleb a eu une relation sombre, violente et passionnelle avec Julie Moscato, qu'il aurait séquestrée dans une pièce secrète de sa maison après son kidnapping, avant de la laisser entre les mains de ses comparses. Sa femme, folle, finit sa vie internée dans un hôpital psychiatrique.

Il se serait tiré une balle dans la tête en 2017. Cependant, un message caché dans le roman laisse sous-entendre que Caleb serait toujours vivant et que le lecteur l'aurait croisé au cours des pages...

Henri Chmielnik

Passionné du peintre Le Caravage, Henri Chmielnik est un riche industriel belge qui s'adonne à la peinture sous le pseudonyme d'Arvel Gaeca, anagramme de son idole. Aussi sociopathe que ses complices, il utilise le sang des kidnappés pour peindre ses œuvres dérangeantes qu'il donne ensuite à des amis, afin de répandre son « art ». Il possède un terrain avec des barils de produits chimiques dont se sert la société pour faire disparaitre des corps sans laisser de traces.

C'est également le propriétaire d'un chalet en Pologne où se réunissent les membres de la société pour discuter de leurs crimes. Il meurt de mort naturelle et laisse derrière lui une veuve, torturée par les secrets de son mari.

Andreas Abergel

Photographe, Andreas Abergel s'amuse à immortaliser sur ses clichés des cadavres dans des morgues et à les exposer au nom de l'art. Son œuvre ultime consiste à représenter sa propre mort, ce qu'il fait en se suicidant devant sa caméra et son appareil photo au moment de l'arrivée de la police.

Dmitri Kalinine

Dmitri Kalinine a autour de 70 ans, un visage osseux, des yeux gris. C'est sans doute celui des quatre dont l'art est le plus subversif. Médecin de formation devenu « artiste » plasticien, il possède un « Plastinarium » où il expose des cadavres vidés d'eau qu'il écorche et présente dans des positions diverses. C'est dans son Plastinarium qu'était exposé le corps de Julie depuis des années. Gabriel Moscato le tue pour venger la mort de sa fille.

CLÉS DE LECTURE

Origine et définition du concept

Le théoricien Gérard Genette (1930-2018) définit, dans son œuvre *Palimpsestes. La littérature au second degré*, le concept de transtextualité – c'est-à-dire les relations qu'un texte peut entretenir avec d'autres – et en distingue cinq. L'une de ces relations est l'intertextualité. Cette notion apparait dans les années 1960 chez la théoricienne Julia Kristeva (née en 1941) qui en donne l'une des premières définitions. Dans une étude sur Mikhaïl Bakhtine (1895-1975), spécialiste russe de la littérature, elle affirme en effet que « tout texte se construit comme une mosaïque de citations, tout texte est absorption et transformation d'un autre texte » (Kristeva, 1969 : 85).

L'intertextualité dans *Il était deux fois*

L'intertextualité est donc inhérente à tout texte, mais Franck Thilliez l'assume pleinement et joue même avec elle. Il lui fait d'ailleurs quitter le domaine purement littéraire pour étendre ce jeu culturel à d'autres arts, comme le cinéma, la peinture, etc.

Au niveau littéraire, les références aux classiques du genre, comme Maurice Leblanc, Georges Simenon, Michael Connelly, Stephen King, Conan Doyle, Agatha Christie, etc. sont nombreuses. Il s'agit parfois de simples mentions (p. 337), parfois de jeux plus avancés. Ainsi, Caleb Traskman aurait écrit un roman intitulé *Senones* dans lequel un lieutenant du nom de Bernard Minier mène une enquête dans une vallée. Or, Bernard Minier est le nom d'un véritable auteur de romans policiers à succès qui a écrit un roman nommé *La Vallée* (et dans lequel on retrouve cette idée d'« un corbeau qui accuse » [comme l'indique la quatrième de couverture] présente dans *Il était deux fois* sous les traits de David Esquimet, surnommé le corbeau).

L'intertextualité va plus loin encore, liant intimement *le Manuscrit inachevé* (2018) et *Il était deux fois* (2020), dans un savant jeu de mises en abyme.

Jeu culturel

Ce jeu culturel se poursuit au niveau artistique. Franck Thilliez renvoie au début du roman à *La Persistance de la mémoire* de Salvador Dalí (p. 21), célèbre peinture qui représente une horloge coulant comme du fromage et qui oppose la persistance de la mémoire à la rigidité du temps et à l'inéluctabilité de la mort. Or, cette allusion arrive au moment où Gabriel Moscato est censé être devenu amnésique. On pourrait dès lors se demander si l'allusion est ironique ou si Gabriel Moscato est vraiment amnésique... Notons par ailleurs que l'éternité du temps face à la contingence humaine se retrouve dans le schéma des étourneaux qui vont et viennent à Sagas et dont le vol forme le symbole de l'infini.

Les références à la peinture se poursuivent avec la fascination de Henri Chmielnik, alias Arvel Gaeca, pour le Caravage et sa *Décollation de saint Jean-Baptiste* (p. 399). Le peintre assassin signe son œuvre dans le sang qui coule du cou de saint Jean-Baptiste, comme Arvel Gaeca peint avec le sang de ses victimes.

Le jeu de références continue encore avec le cinéma. Par exemple, la fausse identité de Gabriel Moscato, Walter Guffin, provient de Walter White, héros de la série télévisée *Breaking Bad*, axée sur l'histoire d'un professeur de chimie qui devient narcotrafiquant. Notons que, dans la série, Walter doit faire disparaitre un corps dans de l'acide (saison 1, épisode 2), tout comme le fait Gabriel avec le corps de l'homme de main russe dans l'entrepôt en Belgique. Quant à son nom de famille, il constitue une référence au cinéma d'Hitchcock avec le célèbre MacGuffin, « le fameux objet mystérieux ou secret, à la description floue et sans réelle importance, juste là pour justifier l'existence d'un film » (p. 100). Pour Paul Lacroix, le collier de Julie représente d'ailleurs son MacGuffin (p. 197).

MÉTAFICTION : MISE EN ABYME ET MIROIR

Franck Thilliez utilise plusieurs procédés de métafiction qui permettent de jouer sur l'illusion et l'aspect labyrinthique chers à l'antihéros Caleb Traskman. La métafiction offre une autoréflexion dans les œuvres de fiction, en interrogeant le rapport au texte par des biais tels que la mise en abyme.

Définition de la mise en abyme

Dans *Le récit spéculaire*, Lucien Dällenbach définit la mise en abyme comme « toute enclave entretenant une relation de similitude avec l'œuvre qui la contient » (Dällenbach, 1977 : 18).

Ce procédé intervient dans *Il était deux fois* via le tatouage de Wanda Gershwitz, puisque l'un de ses trois dessins représente une poupée russe, symbole de la mise en abyme (une poupée contient une poupée plus petite qui contient elle-même une poupée, etc.). Les mises en abyme sont multiples dans le récit. Les plus évidentes sont celles relatives à l'écriture. *Il était deux fois* est écrit par le romancier Franck Thilliez, qui met en scène un écrivain, Caleb Traskman, lui-même auteur de romans. Ces romans tantôt mettent en scène des personnages qui sont de vrais écrivains, comme Bernard Minier (cf. le point sur l'intertextualité dans *Il était deux fois*), tantôt dépeignent les crimes qu'il aurait vraiment commis, comme dans *Le Manuscrit inachevé*. Or, ce dernier roman est celui publié en 2018 par Franck Thilliez.

Jeu de miroir

Ces mises en abyme reflètent le jeu de miroir qui parcourt le récit, notamment sous la forme de la gémellité. Le thème du double se retrouve dans les références au *Manuscrit inachevé*, puisque l'histoire est celle d'un jumeau qui prend la place de son frère en se débarrassant de lui et en feignant l'amnésie. Les personnages de ce roman, comme Jullian Morgan ou Judith Morderoi, renvoient à Julie Moscato d'*Il était deux fois*, puisque les syllabes initiales de tous ces noms forment « JU-MO », c'est-à-dire « jumeau ».

De plus, le double se retrouve dans le titre même du roman. *Il était deux fois* indique que le lecteur n'est pas dans un conte de fées, mais met surtout en évidence la dualité, le renouveau. Gabriel doit recommencer son enquête pour la deuxième fois, en essayant d'observer différemment les indices pour pouvoir la résoudre. La fin du roman est double, elle aussi. D'une part, on obtient la fin alternative du *Manuscrit inachevé*, mais on obtient aussi une fin alternative pour *Il était deux fois*, puisque l'énigme cachée dans le livre révèle que Caleb Traskman est bien vivant et que le lecteur l'a rencontré au cours de sa lecture. C'est donc une invitation à parcourir le roman une seconde fois pour y repérer une lecture cachée.

Le jeu de miroir se retrouve également dans la fascination du corbeau, David Esquimet, et de Caleb Traskman pour les palindromes, ces mots que l'on peut lire dans les deux sens, comme « ressasser, laval, noyon, abba, xanax » (p. 140) ou encore « Sagas », ville fictive où débute l'histoire.

Enfin, le double apparait sous la forme des Xiphopages. Franck Thilliez en donne une définition dans son roman : « Terme de tératologie. Monstres xiphopages, monstres qui résultent de la réunion de deux individus depuis l'extrémité inférieure du sternum jusqu'à l'ombilic commun. Les frères siamois appartiennent à ce cas » (p. 270).

Or, c'est le nom choisi par les quatre « artistes » sociopathes pour leur société secrète. La dualité se retrouve dans leurs œuvres. Chez Caleb Traskman, le père commence *Le Manuscrit inachevé* qui est fini par son fils dans la même continuité, l'un choisissant une fin sombre, l'autre une fin heureuse. Arvel Gaeca représente les têtes de Mathilde et Julie en miroir dans sa peinture, comme si elles ne formaient qu'un seul corps. Les photographies d'Andreas Abergel contiennent cette idée de double via les négatifs. Quant à Dmitri Kalinine, il représente des doubles de la réalité, dans la mesure où il s'amuse à positionner les « plastinats » dans des positions simulant la vie quotidienne : Julie jouant aux échecs, Mathilde pratiquant un sport, etc.

Cette notion de double comprend en elle la dualité entre le bien et le mal, entre la vie et la mort : toutes des questions qui fascinaient le quatuor de l'horreur. Notons, pour finir, que *Le Manuscrit inachevé* commence par cette phrase : « Juste un mot en avant : xiphophore » (p. 349).

Or, il s'avère, d'après les recherches des enquêteurs du roman, que le mot avant « xiphophore » dans le dictionnaire est justement... « xiphopage ». De plus, si on prend la première lettre de chaque mot, on obtient le mot « J-U-M-E-A-U-X ».

L'art comme miroir ?

À la fin du roman, Gabriel est horrifié lorsqu'il est témoin des « plastinats », créations soi-disant artistiques de Dmitri Kalinine : « Et des gens venaient admirer ça... Dans cet acte de transgression, de bas instincts cannibales et nécrophiles se révélaient. À cet instant, il se demanda qui, en fin de compte, étaient les monstres » (p. 580). Ainsi, pour Gabriel, l'« art » de Kalinine n'est pas tant le reflet de sa monstruosité que de celle des spectateurs. L'art sert donc de miroir : ceux qui prennent plaisir à contempler les créations du savant fou sont les vrais monstres.

Mais Kalinine n'est pas seul à exercer son art. Il crée avec ses acolytes, chacun dans son domaine de prédilection. Ce que Kalinine transmet par l'art plastique, Andreas Abergel le fait par la photographie, Arvel Gaeca par la peinture et Caleb Traskman... par l'écriture. Si les monstres sont ceux qui acceptent de contempler leurs créations, les lecteurs peuvent devenir des monstres également. D'ailleurs, les lecteurs d'*Il était deux fois* ne prennent-ils pas plaisir à lire les descriptions de l'horreur humaine présentée par Franck Thilliez ? L'art nous force ainsi à observer le reflet de notre propre monstruosité...

EMPRISONNEMENT, LABYRINTHE ET ILLUSION

Les deux points précédents montrent l'amour de Franck Thilliez et de son personnage Caleb Traskman pour les jeux d'esprit, les labyrinthes et les illusions dans lesquels ils aiment emprisonner leurs lecteurs.

Mais le thème de l'emprisonnement revient à d'autres endroits du récit. Ainsi, la ville fictive de Sagas est connue pour son centre pénitencier. De plus, dès les premières pages, le lecteur est emprisonné par le décor : un paysage de montagne, une atmosphère pesante, la mort noire (phénomène naturel qui empêche la lumière du soleil de passer, plongeant la ville dans l'obscurité), etc. C'est d'ailleurs le but de l'auteur, comme il le dit lui-même dans une interview (Pinchart, « *Il était deux fois* de Franck Thilliez, un polar à tiroirs sanglants » [en ligne]). Cet enfermement dure une partie du récit, tant que les protagonistes restent dans la vallée.

Il se poursuit toutefois sous d'autres formes. L'amnésie de Gabriel est en effet vue tantôt comme une autre forme d'emprisonnement, tantôt comme une forme de liberté. Il est ainsi décrit comme « pareil au prisonnier qui affronte la liberté après des années de réclusion, redécouvre des visages changés, un monde différent, et se rend compte que ce temps perdu entre quatre murs ne pourra jamais lui être restitué » (p. 325). La mère de Mathilde va jusqu'à lui dire : « Je ne sais pas ce qui est pire : rester prisonnier du passé ou avoir oublié » (p. 291).

Cet enfermement fait écho au sort de Julie, kidnappée et séquestrée pendant des années, avant de devenir un phénomène de foire dans le Plastinarium de Kalinine, à l'instar des nombreuses victimes du quatuor infernal.

L'enfermement est donc multiple : mémoriel, temporel, psychologique, physique...

Les personnages et les lecteurs le subissent ensemble, cherchant désespérément la sortie, comme si, en fin de compte, ce n'était pas vraiment une prison, mais plutôt un labyrinthe. D'ailleurs, l'endroit où était enfermée Julie se trouvait caché dans la maison labyrinthique de Caleb Traskman. Son fils le compare même au « Minotaure au milieu de son labyrinthe » (p. 434). La maison, modifiée par un architecte, reflète la folie de son propriétaire, mais également son amour pour les jeux d'esprit et pour l'illusion.

La construction même du roman, avec ses énigmes à foison, plonge le lecteur et ses personnages dans un jeu de fausses pistes, dans d'autres récits (par le biais du *Manuscrit inachevé*) en un vaste dédale. Il ne faut pas oublier qu'« un roman est un jeu d'illusions, tout est aussi vrai que faux » (p. 353). À la fin du roman, l'auteur donne un code à déchiffrer. La première lettre de chaque chapitre et la première lettre de chaque mot de la dernière phrase du récit forment un message : « Le romancier Caleb Traskman est vivant ! Vous l'avez peut-être croisé entre ces pages. C'est cela la magie. Abracadabra ! ». Le lecteur qui se croyait sorti du labyrinthe à la fin du livre reste en réalité prisonnier. Il a été berné par Caleb Traskman, comme tant d'autres avant lui.

PISTES DE RÉFLEXION

QUELQUES QUESTIONS
POUR APPROFONDIR SA RÉFLEXION...

- Expliquez le titre du roman. Pourquoi s'intitule-t-il « Il était deux fois » ? Quelle importance revêt le chiffre deux dans le récit ?

- Dans quelle mesure peut-on voir des mises en abyme dans le récit ? Quel est leur but ?

- L'auteur a recours à l'intertextualité pour jouer avec ses lecteurs. Citez un exemple et expliquez son rôle dans le roman.

- Repérez et explicitez une des énigmes proposées (palindromes, acrostiches, etc.) par Franck Thilliez dans son roman. Quel éclairage apporte-t-elle au récit ?

- Comment la relation entre Gabriel Moscato et Paul Lacroix évolue-t-elle ? Qu'est-ce qui les éloigne ou les rapproche ?

- À la fin du roman, Paul Lacroix dit à Gabriel Moscato : « Je ne te l'ai jamais dit, mais ces étourneaux, ils sont aussi repartis en même temps que toi quand tu as quitté Sagas la dernière fois. À l'aube. Tu arrives, ils arrivent. Tu pars, ils partent » (p. 594). Que symbolisent les étourneaux ? Est-ce une coïncidence si leurs mouvements correspondent à ceux de Gabriel Moscato ? Pourquoi leur vol forme-t-il le symbole de l'infini ?

- Qu'est-ce que la « société secrète des Xiphopages » ? Qui en est membre ? Pourquoi avoir choisi cette appellation ?

- Selon vous, Gabriel Moscato a-t-il vraiment perdu la mémoire ? Ou bien serait-il possible qu'il feigne l'amnésie comme le héros du *Manuscrit inachevé* (2018) ?

- L'auteur laisse penser que Caleb Traskman serait toujours en vie et que le lecteur aurait pu le croiser au cours de sa lecture. Qui pourrait être Caleb Traskman ? Sous quelle nouvelle identité se cacherait-il ?

- Quels liens existent entre *Le Manuscrit inachevé* (2018) et *Il était deux fois* (2020) ? Dans quelle mesure ces deux œuvres se complètent-elles ?

POUR ALLER PLUS LOIN

ÉDITION DE RÉFÉRENCE

- Thilliez F., *Il était deux fois*, Paris, Pocket, 2021.

ÉTUDES DE RÉFÉRENCE

- Dällenbach L., *Le récit spéculaire. Essai sur la mise en abyme*, Paris, Seuil, 1977.

- Genette G., *Palimpsestes. La littérature au second degré*, Paris, Seuil, 1982.

- Kristeva J., *Sèmeiotikè. Recherches pour une sémanalyse*, Paris, Seuil, 1969.

- Pinchart Chr., « *Il était deux fois* de Franck Thilliez, un polar à tiroirs sanglants » (2020), in *RTBF Culture*, consulté le 14/11/2021. URL : https://www.rtbf.be/culture/dossier/les-rencontres-litteraires/detail_il-etait-deux-fois-de-franck-thilliez-un-polar-a-tiroirs-sanglants?id=10535184.

Votre avis nous intéresse !
Laissez un commentaire sur le site de votre librairie en ligne
et partagez vos coups de cœur sur les réseaux sociaux !

lePetitLittéraire.fr

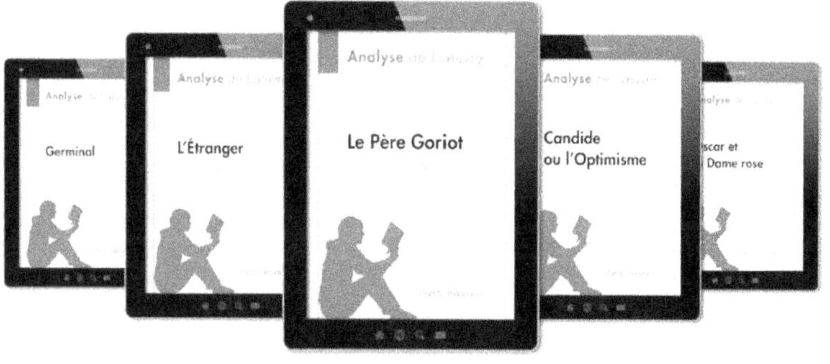

- un résumé complet de l'intrigue ;
- une étude des personnages principaux ;
- une analyse des thématiques principales ;
- une dizaine de pistes de réflexion.

**Retrouvez
notre offre complète sur**
lePetitLittéraire.fr

www.lepetitlitteraire.fr

ISBN version numérique : 9782808025973
ISBN version papier : 9782808025980
Dépôt légal : D/2021/12603/139

Conception numérique : Primento,
le partenaire numérique des éditeurs.

www.ingramcontent.com/pod-product-compliance
Lightning Source LLC
LaVergne TN
LVHW010841200726
843508LV00012B/2689